KB197129
베스트 한국 전래 동화 21

좁쌀 한 톨

글 배효정 | 그림 김순금

옛날 어느 산골 마을에 가난하지만
심지*가 아주 굳은 총각이 살고 있었어요.
총각은 열심히 글공부를 하여 어느 날,
한양으로 과거를 보러 가려고 집을 나섰어요.
그러자 어머니가 아들에게 좁쌀 한 톨을 내밀며 말했어요.
"먼 길을 가는데 좁쌀 한 톨뿐이구나.
어디 쓸 데가 있을지 모르니 잘 간직하거라."
"네, 어머니. 잘 다녀오겠습니다."

*심지 : 마음에 품은 뜻.

5

길을 가다 날이 저물자 총각은
주막*에서 하룻밤을 묵기로 했어요.
총각은 주인을 불러 좁쌀을 맡기며 말했어요.
"귀한 좁쌀이니 아침까지 잘 간수*해 주시오."
주인은 어리둥절한 표정으로 좁쌀 한 톨을
받아 들고 혀를 끌끌 찼어요.
"아무리 봐도 흔한 좁쌀이구먼.
이까짓 좁쌀이 뭐가 그리 귀하다고?"

*주막 : 지난날, 시골 길가에서 술과 밥을 팔고 나그네가 머물 방을 제공한 집.
*간수 : 보살펴 지킴.

8

주인은 입을 쭉 내밀고 투덜거렸어요.
"저 총각이 날 놀리려는 게 아닐까?"
은근히 화가 난 주인은 들고 있던 좁쌀을
마당에 휙! 하고 던져 버렸어요.
마침 쥐가 쪼르르 달려와 좁쌀을
냉큼* 물고 달아나 버렸지요.

*냉큼 : 머뭇거리지 않고 빨리.

9

다음 날 아침, 총각이 주인을 찾았어요.

"길을 떠나야 하니 어제 맡긴 좁쌀을 돌려 주시오."

"그깟 좁쌀이 뭐라고 내놓으라는 거요?"

"저에겐 아주 소중한 좁쌀입니다."

"쥐란 놈이 벌써 물어 가 버리고 없소."

"그럼 그 쥐라도 잡아 주시오. 그렇지 않으면 꼼짝도 않겠소."

주인은 어쩔 수 없이 쥐를 잡아 총각에게 주었어요.

총각은 하루 종일 길을 걷다가
날이 저물자 다시 주막을 찾았어요.
"주인장, 이 쥐를 맡았다가
내일 아침에 좀 돌려 주시오."
주인은 기분이 언짢았지만*
손님의 부탁이라 쥐를 받아 들었어요.
그러나 더러운 생각에 쥐를 광에 휙! 던져 버렸지요.
마침 지나가던 고양이가 쥐를 냉큼 낚아챘어요.

*언짢다 : 마음에 들지 않다.

13

다음 날 아침, 총각이 짐을 꾸리며
주인에게 말했어요.
"어젯밤에 맡긴 쥐를 돌려 주시오."
"저 그게, 고양이가 그만……."
주인이 더듬거리며 사정을 말하자
총각이 버럭 화를 냈어요.
"남의 물건을 그렇게 함부로 다루다니…….
그럼 쥐를 잡아먹은 고양이라도 주시오."
주인은 할 수 없이 고양이를 내주었어요.

그런데 날이 밝자마자 주인이 총각에게 달려와 말했어요.

"고삐* 풀린 황소가 들이받아 말이 그만 죽고 말았다오."

총각은 주인의 말을 듣고 눈앞이 캄캄해졌어요.

"할 수 없소. 말을 죽인 황소를 데려가겠소."

"뭐라고요? 당신 지금 뭐라고 그랬소?"

주인은 총각의 말에 깜짝 놀라 뒤로 넘어질 뻔했어요.

"그게 싫으면 말을 당장 살려 내시오."

주인은 울며 겨자먹기로 총각에게 황소를 내 주었어요.

*고삐 : 소를 몰거나 매어 둘 때, 한끝을 코뚜레나 재갈, 굴레에 잡아매는 줄.

총각은 황소를 타고 느릿느릿 한양에 도착했어요.
"아! 드디어 한양에 왔구나."
총각은 황소를 끌고 어느 낯선 집으로 들어갔어요.
"주인장, 내가 과거를 볼 때까지 황소를 좀 맡아 주시오.
값은 잘 치러 주리다."
집 주인은 좋아하며 그러라고 하였어요.
마침 그 집은 소 장수의 집이었거든요.
다음 날, 총각이 과거를 보러 나서려는데
시끌벅적한 소리가 들려 왔어요.

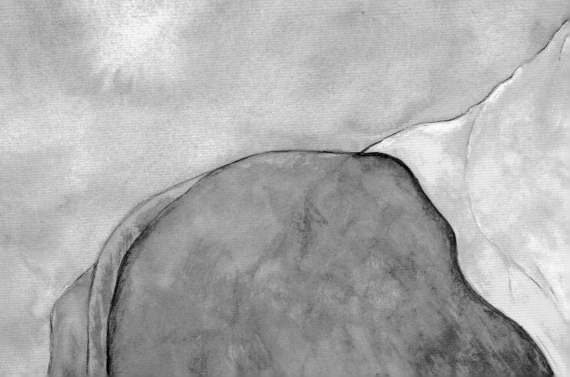

"아이고, 총각! 이를 어쩌나?"
집 주인이 허둥지둥 총각에게 달려왔어요.
"내 아들이 그만 잘못 알고
자네 황소를 팔아 버렸지 뭔가."
"허락도 없이 남의 황소를 팔다니,
당장 찾아 오시오."
그러자 집 주인이 머리를 긁적이며 말했어요.
"그 황소를 정승 댁 따님의 생일 잔치에
쓰려고 벌써 잡아 버렸다는군."
"뭐요? 내가 직접 그 정승 댁에 가 보아야겠소."

총각은 그길로 정승 댁으로 달려가 소리쳤어요.
"아무래도 정승께서 내 황소를 물어 내야겠소*."
정승은 깜짝 놀라 총각에게 자초지종*을 물었어요.
총각은 어떻게 황소를 얻게 되었는지 자세히 설명하고
꼭 그 황소를 되돌려 받아야 한다고 우겼어요.
이야기를 다 듣고 난 정승은
'껄껄껄!' 하고 웃었어요.
"그런데 이미 먹어 버린 황소를
어떻게 물어 내란 말인가?"

*물어 내다 : 마땅히 치러야 할 물건이나 돈을 내놓다.
*자초지종 : 처음부터 끝까지의 동안이나 과정.

28

"그럼 황소를 잡아먹은 사람이라도
데려가야겠습니다."
"하하하, 자네 배짱* 한번 마음에 드는구먼.
기꺼이 내 딸을 자네에게 맡기겠네."
이렇게 해서 총각은 하루 아침에
정승 댁 사위가 되었어요.
훗날 총각은 과거에 급제하여 높은 벼슬을 얻고
어진* 관리가 되었답니다.

*배짱 : 조금도 굽히지 않고 버티어 나가는 힘.
*어질다 : 마음이 너그럽고 착하고 슬기롭다.

31

좁쌀 한 톨

내가 만드는 이야기

아이들이 들려 주는 이야기를 들어 본 적이 있나요?

그 이야기 속에는 아이들의 무한한 상상력과 창의력이 담겨 있음을 발견하게 될 것입니다.

번호대로 그림을 보면서 앞에서 읽었던 내용을 생각하고,

아이들만의 상상력과 창의력이 표현된 이야기를 만들어 보게 해 주세요.

좁쌀 한 톨

옛날 옛적 좁쌀 한 톨 이야기

〈좁쌀 한 톨〉은 경상 북도 칠곡군에 전해져 내려오는 이야기입니다. 원래의 주인공은 곱사등이에 공부도 한 적 없는 떠꺼머리 총각이었는데 좁쌀 한 톨로 정승의 사위가 되어, 훗날 경상도 감사까지 되었다고 합니다.

흔히 좁쌀 한 톨은 작고 하찮은 것으로 비유하기도 합니다. 하지만 보잘 것 없는 좁쌀 한 톨이 쥐가 되고, 고양이가 되고, 말이 되고, 소가 되어 마침내 총각을 정승의 사위로 만들어 주었지요. 좁쌀 한 톨로 정승의 집안에 장가를 든 총각의 이야기는 조금 황당하지만 퍽 재미있고 교훈을 주는 이야기입니다.

지혜롭고 재치 있는 총각은 자기의 주장과 권리를 언제나 당당하게 주장하였습니다. 그 결과 좁쌀 한 톨이 소 한 마리가 되어 마침내 정승의 딸을 아내로 맞이하게 되었지요.

또 총각의 떳떳한 주장에 주막의 주인들도 벌어진 일에 대한 책임을 지고 보상을 해 주었습니다. 그리고 부잣집 정승도 총각의 자신감 넘치는 배짱과 태도에 반하고 말았지요.

여러분도 이야기 속의 총각과 같은 지혜와 용기를 가질 수 있다면 어떤 어려움도 끄떡없이 헤쳐 나갈 수 있을 것입니다.

▲ '몹시 잘고 쩨쩨한 사람이나 사물'로 비유되는 좁쌀.